がらんどうの夢

遠野魔ほろ

思潮社

がらんどうの夢

遠野魔ほろ

思潮社

がらんどうの夢

遠野魔ほろ

目次

装幀＝思潮社装幀室
装画＝ジョルジュ・スーラ

がらんどうの夢

朝

朝の儀式のように鳩がなく
どてっぽっぽう　どてっぽっぽ
薄明かりのなかで耳をすます
ずっと昔　田舎家の大屋根のうえでも
くらい天井のした　祖母のなかでも
どてっぽっぽう　とないた
窓に霜の花がさいた朝

夏風がふきぬける朝
そして一日がはじまる
縁側にすわり豆をより分けるような日々
くらしの鍋をみだすものをたんねんに
たんねんにとりのぞく
手元を日差しがすべり壁にきえた

わたしのなかで鳩がなく
どてっぽっぽう　どてっぽっぽ
いつも明るいくもり空
鳩色の雲
風にも雨にも乱されない
堅固な

天使の散歩

夏草の小道
歩いている　キラキラ光るつま先
小さな花を踏まないように
アザミの棘はそっとよけて
深い茂みに踏み込んだとたん
はじける光
待ち受けていた草の輪っか

青い切っ先

ただのいたずら
それとも　誰かに向けられた企み
輪っかを解いてしまおう
緑色の痛みは一人で引き受けて
陽に消える朝露のように
天使の仕事は誰も知らない

冷たいうずきの底に沈んでいる
いくつもの朝
光がためらいがちに揺れる

露草が踏みしだかれ
うつろっていく歌声
瑠璃色にくもった足裏が遠くひるがえる

山のスケッチ

遠く広がる田畑や林を一またぎ
山は
わたしの画用紙に寝そべる
絵筆をはねのける

かたわらの教師が
鉛筆で紙の中ほどに点を打ち

それをかざして風景をはかり
枠のなかにおさめた
山は奥に
麓に打たれた点をめざして縮んでいき
その一点からすべてが放射状に広がって
わたしは風景の外に押しだされた
はるか遠くで　山は
青くよそよそしかった

大きい山を大きいままに描くことから逃れ
山に背を向け　ほっとして
見知らぬ風景を歩きはじめた
鉛筆ではかりながら

ときどき　遠く後ろから
じっと見つめる視線がある

家のスケッチ

まどろんでいる家
いちばんおしまいに去ったのは　誰
眠りのとば口でふと思う
ぬくもった畳がそっと息をつく
梁がきしみガラス戸が音をたてる
薄い日差しが縁側で丸くなっている
それからゆっくり伸びをして

黄ばんだ畳のうえ　足音を忍ばせて移ろってゆく
小さい鉢のなかで福寿草が目をひらき
日差しのゆくえを追う
部屋の奥に形をなくしたいくつもの影
薄く濃くかさなりあったり　はなれたり
輪郭を忘れたことの安堵　がらんどうの静けさ

わたしはまどろんでいる
柔らかい足裏で
家の眠りのなかにひっそりと忍びこむ

夜のスケッチ

夜のカンバスに塗りこめられた影
昼の心が刻んだとおりに
視線の切っ先で石炭の山から切りだせば
切り口は白々と痛みを反射する
浮かびあがる輪郭
木々のこずえ　草地をはしる小道
からっぽのベンチ

自分の形をとりもどした影
かえり忘れてさまよう影
夜空に浮かぶ建物に灯がともる
一つまた一つ　よみがえる窓
夜に浸された窓

かなたから汽車の響き
灯りのともらない車窓
わたしの影が乗っている

静物　椅子の上の

たとえば　起き上がりこぼし
手も足も引っ込めて　しんとしている
誰かの手がそっと背中をおした
ゆらゆら揺れて迷子になった重心
を　さがし
薄暗がりのなかを降りていく

たとえば　壺

古くて何のへんてつもない
言葉は飲み干され
底にうっすらほこりがたまり
ざらざらした肌に夕日が温かい
丸くなってぬくもっている
がらんどう

たとえば
誰かが通りすがりに
手の中のそれをふと置いた　とでもいうように
一個の果実
遠い日をあびている

静物になるまでの　まどろみ
椅子から立ち上がる　時
それは椅子が告げる

静物　花

部屋の隅からかすかな気配
ひりひりする空気
花があえいでいる
コップの水が吸いつくされていた
底に残ったひとしずくの水を求め
数本の茎が争っている
茎はシベの一本一本にまで水をはこび

根を失ってなお
花を咲かせつづける
傷口の痛みを誰が知ろう
やがて衰え水を吸う力がなくなり
花が首をたれる　色を深め香り高く
散り落ちる花びら
テーブルの上でいま一度咲き誇る
静物になるまでの緩やかでつかのまの道行き

わたしはコップに冷たく澄んだ
死を注ぐ

バラ苑

ひとえの花は薔薇らしくないね
蔓バラのアーチの下に重い靴音
花びらがひっそり揺れた

花壇をうめる色とりどりの薔薇
気だるそうな首をかしげ横目でそっとぬすみ見る

黄色いしべをかこむ赤い花びら
慎ましく陽に透きとおり
はじめてバラと呼ばれたときの
驚きのままに
蔓をふるわせ葉陰に身をひそめる

わたしのかたわらに一輪の花
初めてのクリスマス　夜の食卓に咲いた
真っ白いクリームの葉のうえ
重なりあった花びらは優美に背をそらし
目と舌を誘うピンクの深み　食欲と寂しさを
小さいフォークでくずしながら
幼い心に植えかえ育ててきた言葉

いま　わたしは赤い花を
呼ぶ

風景画

駅舎の壁に一枚の画
段々にならんだ家　ふぞろいな色の屋根
間からのぞく数本の木
せまい空

あるときは
降りつづく雨に木々のみどりは深く

かすかに霧さえ立ちのぼる
しずくにぬれた屋根は色とりどり
雨あがりの日射しにかがやく
日暮れどき
月の光を映して雲がほそくながれ
屋根のしたに　ぽつぽつ人まち顔が灯る
窓枠がつくる風景

駅のまわりに広がる灰色の事物
曖昧な輪郭　賑わしさも静寂もない

見るためには枠がいる

故郷を
ふるさとと呼んでみる
言葉の枠で切りとった風景画
置き去りにした

わたしの風景

ポンペイ展

あの人が去ったあとのがらんどう
形が消え失せないうちに
残されたかけらを拾いあつめてつめ込んでいく
網膜に焼きついている何枚もの絵
耳の奥にこだましている声
大急ぎで空っぽを埋めていく
埋めても埋めてもいっぱいにならない

だんだん歪んで　輪郭はあいまいに
元の形がもう分からなくなって
あんな人が本当にいたのだろうか
かけらを継ぎ合わせたモザイク画ではなかろうか
ひょっとして　と
自分の形をなぞってみるが
万華鏡をのぞいたような定めなさ
たしかなのは
足で踏んでいる石畳の感触だけ

火山灰の下でがらんどうになった人
石膏で形どられた
さなかの生

わたしは　だれ

浜焼き

炎と二人きり　金網の上と下
紅い目で見つめられたら
恥ずかしくって身がちぢむ
くるりと丸まってもがいたら
いきなり身軽になった
網の上のねじれた躰
これは炎にくれてやる
いさぎよく渚にとびおりた

浜では炎がひらひら
　安心おし
　ふりすてた片われはひきうけた

冷たい波がおしえてくれる
わたしのきれいな螺旋の形
潮はみちたり引いたり
小さな渦が砂つぶをおどらせる
どこまでも転がっていく
空っぽ
海に充たされて
わたしはまだ　沖を知らない

トカゲ

庭のトカゲに必要なもの
木もれ日のおちる丸い石
冷たく柔らかい腹をあたためる
忍び寄る足音に
すばやく身を隠す草むら
灌木の根本を埋めるほどの茂み
とりあえずの大きな危険は猫

食べ物はたぶん小さい虫か何か
それから
庭で出くわしても騒いだりしない　人
飼い主とはいえないけれど
自分では庇護者の気分でいる人

わたしに必要なもの
すばしこい影
足もとをはしる金銅色の光
つかのま　天から落ちてきたような

虫釣り

幼いころ　虫釣りをした
庭の片隅　芝草のなかに小さい穴がぽつぽつあいている
細い草の葉をそっと垂らしていく
底につくと何かがしがみつく
指先に伝わる生き物の気配　かすかな重み
そろそろ引きあげる
落とさないように息をつめて引きだすと
葉の先に虫がしがみついている

それをマッチ箱に入れる
何匹も
もぞもぞ動いているのを鳥かごに入れて釣りはおしまい
虫は箱のなかでたぶん初めて仲間と出会い
あっと思うまもなく
大きく開けた黄色い口に啄まれてしまった

子供心に後ろめたい思いはわかなかった
覚えているのは指先のうずうずする感触

眠りの底からつと引きあげられる
カーテンのすきまから差しこむ一筋の光に
ふっと　不安になる朝がある

やすらぎ

道端に一匹のセミ
ちぢかんだ脚　しわのよった腹
二つのガラス粒の目は黙念と空を見ている
木の幹で鳴きしきっているさなか
不意にもぎとられた
夏はまだ終わっていない
いく日か過ぎ

アリがたかりはじめ
雨が丸い腹に浸みとおり　風が落ち葉を吹きつけ
セミの体を丹念にときほぐしていく
脚がもげ羽がくだかれ腹がひしゃげ
土くれに混じり
地面はそれを少しずつのみくだし
のみくだし　地の中へ送りとどける
草木の根がからみあい手招きするところ
何かの卵が生まれでるのを待っているところ
体をくねらせ蠢くものがいるところ
跡形もなくなった土のうえ
木もれ日がゆれる
季節がかわった

かえり道

そんなに急がなくたって
足元に一輪の白い花
ひとかたまりの草の上
十字に組んだ花びらが
わたしを見つめる
いっしょに見送って
昼の火照りがただよう小道

濃い緑の　血の匂い
昼間さんざん引きちぎられた
無数の傷口
風がそっと息を吹きかける
夕暮れのむこう
遠ざかっていく夏の汐
浜辺に打ち寄せられたものたちを
裳裾に引きながら
空に消えた波音
夜が降りる
　おやすみ
ふりむいた白い顔

わたしのかたわらに
椅子が一つ

小石

セイゾーさんはふた親より先に墓を建ててもらった
こぶりの黒い御影石
雨の日には美しく輝く

八月十五日　大陸
病気と重すぎる背嚢に通せんぼされた
セイゾーさんは

ケイゾーとシゲさんの三男坊
小さい写真のまん丸いメガネはセピア色

裏の畑にバラの垣根をつくった
初めての子を身ごもって里帰りした兄嫁に
やさしい見舞いの葉書を書いた
小さい本箱をつくって茶の間において
行った
縁飾りまでつけてある本箱
墓参りのたびに
シゲさんは曲がった腰を伸ばし伸ばし
黒い御影石に念入りに水をかけ
ケイゾーさんは足を引きずりながら

あたりの草をむしった

もしかしたら
裏の畑はバラの花で囲まれていたかもしれない
本箱にぎっしり本をつめて
丸いメガネで読んでいたかもしれない
こ生意気な姪っ子とも話が合ったはず
墓石の下　小石ひとつ

小石はどこにでもある
石蹴りしながらの帰り道
わたしはいつも道端に忘れてきてしまった

地蔵菩薩坐像

肩にかけられた袈裟がしっとり重い
ふっと息をつく
座りつづけてきた千年
人々のつぶやき
つつましい　あるいは無遠慮な眼差し
汗の匂い　ときに血のそれも
堂に満ち

膝の上で広がる袈裟は
夕凪の海になる
人々はあらゆるものを投げ入れてきた
わたしに袈裟を着せかけた手が望んだこと

その手はとうに失くなった
闇は近しい
わたしはまだここにいる

＊「地蔵菩薩坐像」 運慶作 六波羅蜜寺蔵

家の仕事

年経た家は看取り上手

　　ここでなんにん　しんだ

片言の日本語は甥っ子の奥さん
オハイオ出身で
むきだしの太い梁や煤けた天井がめずしい

　なんにん死んだ

わたしにもわからない
ここで祖母が息を引き取って
家はその最後の息をひきうけた

　なんにん生まれた

とも聞いてほしいけれど

家は子守り上手
ここでの最後の産声はわたし

家はたしかにその声を聞いて
最初の息を吸いとってくれたはず

それからあと　家の仕事はなくなった
老いることを失った
がらんどう

物好きな奥さんと子供を連れて
甥っ子はここに住みつくそうだ
あちこちの薄暗がりで
リボンやレースがゆれている

水仙

床の間にひと束の水仙
白々と暗がりで匂い
年を越す

冬の海に咲く花を知っている
波しぶきが咲かせる　潮が匂う花

人生のとば口　立ちすくんで
みつめていた旅行雑誌
踏み出せない一ページ
暗い空のした白く舞っていた

あの海へいつか
いつかの数珠玉をくりながら
年の瀬　水仙をかざる

松の内もすぎるころ
黄ばんだひと茎を引き抜いた
枯れた茎からしたたる水
掌がすくむほどの豊かさ

花がゆれ　高く香って
数珠玉が切れた

遠足

背中でリュックサックが音をたてる
食べのこしたおにぎり
出かけるときちゃんとたしかめた
かたくゆでた玉子二つ
海苔でくるんだおにぎり五つ
　ぜんぶ食べられるかな
　足りなくなったらいけないから、ね
そうやっていつも家にもってかえると

誰かが
　塩気と海苔の味がよくしみて
　ついでに野原の風味もして、ね
背中でまだ音がする
あといくつのこっているだろう
こんどこそ
ぜんぶ食べてしまわなければ
もう家には誰もいない
どこかで道草する時間はあるだろうか
リュックをゆすりながら
ぐずぐず歩くかえり道
迷子になった影　いつまでも
さまよっている夕陽

ふたたび樹に

家はまどろんでいる
おかえり
最後に言ったのはいつのこと
みんな帰っていった
ここではない　どこかへ

日差しが畳の上をひっそりとすべり
壁に消える

風が吹き抜けガラス戸をゆする
ぱらぱらと屋根を打つ雨
滴がしみて固い木組みがほどけていく
根元から這いのぼってくる気配
とうに忘れていた　うずき
樹液が満ちてくる
時がくると樹皮をやぶって新芽が噴きだす
その痛み
を　ふたたび見いだせるところ
がらんどうの夢がそよぐ

帰ろう
樹に

息

空で羽ばたく小さな肺臓
冬の朝
鳥の声があたたかい
せわしない鼓動のさえずり

猫が聞いている
じっと　窓辺の置物のように

鼻先でガラスがくもる
白いくもりは広がったり縮んだり
丸い体の奥で小宇宙がきざむ
自足したリズム

熱い牛乳　そっと湯気を吹けば
クリームの薄い膜が揺れてフリルをつくる
幼い口元にはこぶカップの
向こうとこちら　ミルクの匂いに溶ける距離

つないだ手のなかに生まれたぬくもり
火だねが消えないように
けんめいに風を送る　肺のふいごから

いくつもの笑いの息がぶつかり合って
渦をまく

日差しの下　土が白い息を吐く
空吹く風が降りてきて　そっと吸いとっていく
その広々した胸で　息している
草と木と人　小鳥も猫も

赤ん坊の産声

後書き

がらんどう、という言葉がふいに心に浮かんだ。

駅へ行く途中にあった木立。真ん中にひときわ高くケヤキがそびえ、それを仰ぐように竹や杉、椿などが葉を茂らせている。いつも小鳥の声がにぎやかだった。ある日、駅に向かう途中でふと足が止まった。見えているのに何も見えない。いきなり透明な手で目隠しされたような。木立のあったところには何もない空間が天までそびえ、小鳥がとまどったように舞っている。

無造作に刈られた下草の向こうを車が走っていた。しばらくして跡地には倉庫のような建物がたちその光景も見慣れたが、見慣れることに抗いたい思いがある。そこを通るたびに木立を思い出し、がらんどうを心に呼び覚まそうとしている。

大阪文学学校の通信教育部、詩とエッセイのクラスで学んで十年。初めての詩集刊行は修了記念、最初で最後と思っていましたが、実は出発点だったと後から気づきました。以来、仲間の存在に励まされ、細々と書きつづけてきました。これまで拙作を読み感想を寄せてくださった多くの方々、厳しくも温かい目を注ぎつづけてくださった川上明日夫先生にあらためて感謝申し上げます。

またこのたびも、思潮社編集部の遠藤みどり様、装幀の和泉紗理様には大変お世話になりました。心よりお礼申し上げます。

遠野魔ほろ（とおの　まほろ）

一九五〇年埼玉県生まれ。
三十年間日本語教師をつとめたのち、大阪文学学校通信教育学部にて詩を学ぶ。
二〇二一年、詩集『夜更けの椅子』（思潮社）刊行。
詩誌「月の村　壱番地」「木立ち」同人。

現住所　〒三五八―〇〇一三　埼玉県入間市上藤沢三七三―三五　山中方

がらんどうの夢《ゆめ》

著者
遠野魔《とおのま》ほろ
発行者
小田啓之
発行所
株式会社思潮社
〒一一二―〇〇一四　東京都文京区関口一―八―六―二〇三
電話〇三（五八〇五）七五〇一（営業）
〇三（三二六七）八一四一（編集）
印刷・製本
創栄図書印刷株式会社
発行日
二〇二五年四月十五日